DEBUT D'UNE SERIE DE DOCUMENTS
EN COULEUR

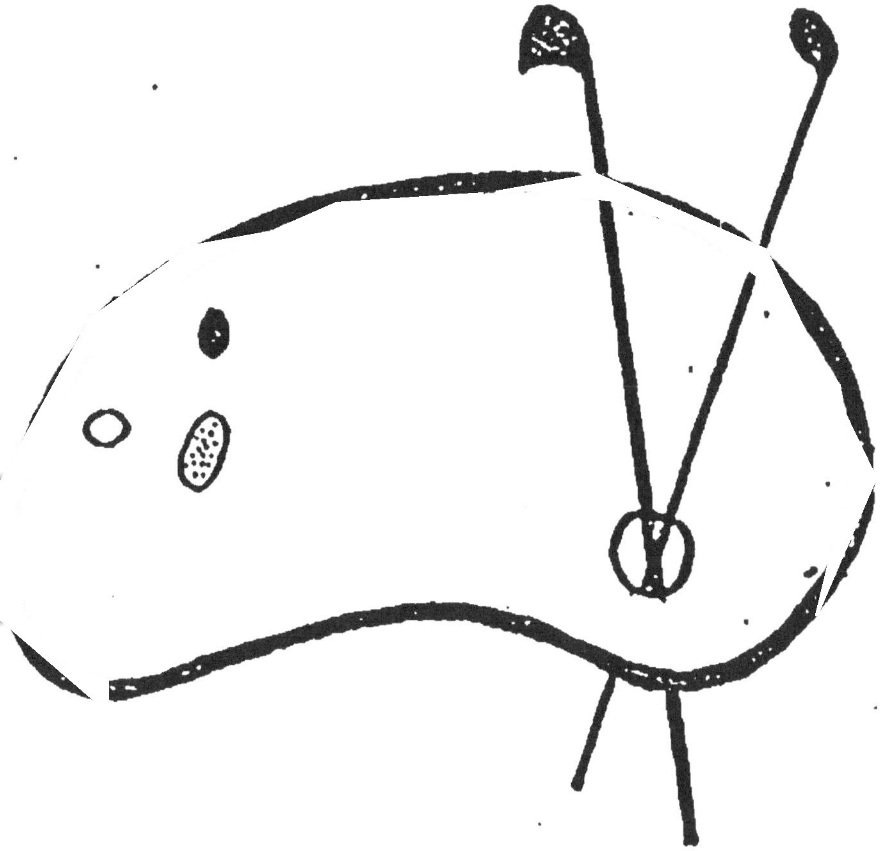

Le Fiancé d'Elvire

Comédie en un acte

De M. PINHEIRO CHAGAS adaptée à la scène française par M. Henry FAURE

REPRÉSENTÉE POUR LA PREMIÈRE FOIS

SUR LE THÉATRE DE MOULINS

LE 24 MARS 1901

(Cette pièce est vendue au profit de la caisse du « Jeune Odéon Moulinois »)

PRIX : 1 Fr.

MOULINS

IMPRIMERIE CHENILLAT & ROUSSILLON

1901

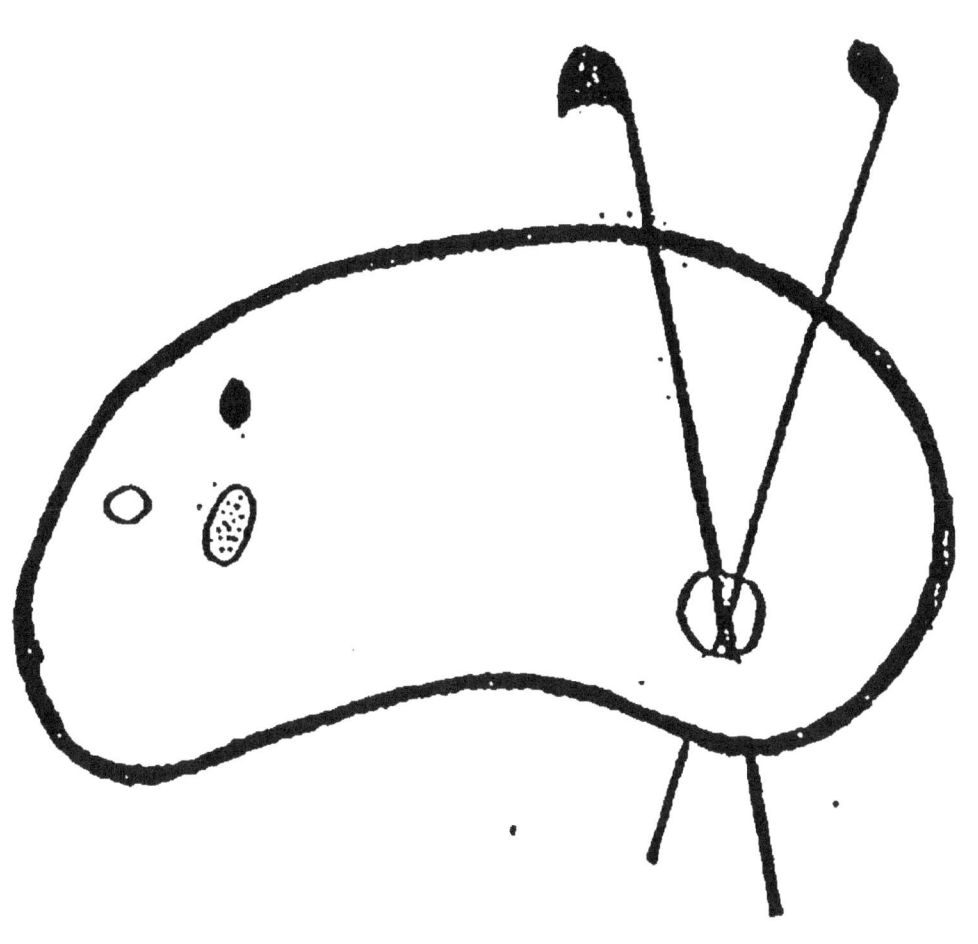

FIN D'UNE SERIE DE DOCUMENTS
EN COULEUR

LE FIANCÉ D'ELVIRE

RÉPERTOIRE DU " JEUNE ODÉON MOULINOIS "

Le Fiancé d'Elvire

Comédie en un acte

De M. PINHEIRO CHAGAS, adaptée à la scène française par M. Henry FAURE

REPRÉSENTÉE POUR LA PREMIÈRE FOIS

SUR LE THÉATRE DE MOULINS

LE 21 MARS 1901

MOULINS

IMPRIMERIE CHENILLAT & ROUSSILLON

1901

A Madame Ronserail-Levasseur

qui a créé le personnage d'*Elvire*

PERSONNAGES :

Le baron Fulgence de la Héronnière   MM. Beau

Henri, vicomte des Verrières.......   Auclair

Eleuthère Durand..................   Gayard.

Elvire, fille de Fulgence............   Mme Ronserail-Levasseur

L'action a lieu, de nos jours, au château de la Héronnière, en Bourbonnais.

ERRATA

LE FIANCÉ D'ELVIRE

Un salon de province. — Meubles anciens. — Piano à gauche. Portes au fond, à droite et à gauche.

SCÈNE PREMIÈRE

FULGENCE, ELEUTHÈRE, ELVIRE (au piano, jouant en sourdine).

FULGENCE

Oui, mon cher Eleuthère, c'est aujourd'hui que j'attends le futur de ma fille Elvire, et je compte sur toi pour qu'on lui fasse, à son entrée au château de la Héronnière, un chaleureux accueil... Tu rangeras sur son passage nos gens et nos voisins : ils crieront : « Vive monsieur Henri des Verrières ! » Et je suis sûr qu'il sera flatté de la réception.

ÉLEUTHÈRE

J'ai compris, monsieur le baron... Si nous le faisions passer sous un arc de triomphe ?

FULGENCE

Le temps manquerait pour cela... Mais va cueillir un

beau bouquet, et tu viendras le lui offrir, avec un joli compliment.

ÉLEUTHÈRE

Un compliment? C'est que je ne suis pas bien sûr de savoir le tourner comme il faut. Si vous me disiez comment je devrai commencer?

FULGENCE

Tu parleras d'abondance, et ton amitié pour nous t'inspirera... N'es-tu pas presque de notre famille? Frère de lait de ma fille, fils de mes braves jardiniers, tu as grandi dans ma maison. Tu aimes bien Elvire, n'est-ce pas?

ÉLEUTHÈRE

Oh! oui, de tout mon cœur!

FULGENCE

Tu dois désirer qu'elle soit heureuse?

ÉLEUTHÈRE

Si je le désire!

FULGENCE

Eh bien! Fais en sorte que son fiancé trouve, à son arrivée, des visages riants... C'est souvent de la première impression que dépend le bonheur de la vie entière...

ÉLEUTHÈRE

Je ferai de mon mieux, monsieur le baron.

FULGENCE

Va donc, et que tout soit prêt dans peu de temps, car il peut arriver d'un moment à l'autre.

ÉLEUTHÈRE

Je cours rassembler tout le monde et cueillir un magnifique bouquet... (Il sort vivement par le fond).

SCÈNE II

FULGENCE, ELVIRE (quittant le piano, après avoir plaqué fébrilement un accord)

ELVIRE

Mon Dieu, mon père, je vous admire !

FULGENCE

N'est-ce pas que je fais bien les choses ?

ELVIRE (ironiquement).

Trop bien, en vérité... Ne croirait-on pas que ce beau fiancé est quelque prince charmant qui daigne quitter les splendeurs de sa cour pour venir, au fond du Bourbonnais, chercher la sœur de Cendrillon ? Est-ce qu'on illuminera en son honneur ? Tirera-t-on un feu d'artifice ? Et quand il apparaîtra, devrai-je me mettre au piano, pour jouer la *Marseillaise*, comme on fait pour le Président de la République ?

FULGENCE

Ce langage ironique est déplacé ici !

ELVIRE

C'est qu'il est bien agaçant, pour une jeune fille, d'être ainsi mariée, sans qu'on ait daigné consulter son cœur ?

FULGENCE

J'ai voulu te faire une agréable surprise...

ELVIRE

Agréable? Quand il s'agit d'un mari imposé et non choisi!

FULGENCE

Henri est le fils de mon vieil ami, le comte des Verrières. Ce mariage, depuis longtemps arrêté entre nous, fera ton bonheur, j'en suis certain. Henri est un cavalier accompli, et dès que tu le verras, tu l'aimeras.

ELVIRE

Non, mille fois non!... Je veux bien consentir à le voir, puisque vous le désirez, mais ce sera pour lui dire qu'il se trompe s'il croit, ce Parisien « accompli », qu'on peut se commander une fiancée en province, comme on se commande une pièce de vin du cru! Je saurai bien lui prouver que les filles de la province ont autant que celles de Paris le droit d'exiger qu'on leur fasse un doigt de cour, et qu'elles ne se laissent pas éblouir par l'auréole ridicule d'un viveur parisien!...

FULGENCE

Henri n'est pas un viveur: il est instruit, travailleur, et pour sa belle conduite à Madagascar et en Chine, on doit sous peu mettre le ruban rouge à sa boutonnière... Je puis t'assurer qu'il y sera bien placé... Toutefois, quoique j'aie, peut-être imprudemment, engagé ma parole à son père, je n'ai pas l'intention de contraindre ta volonté... S'il ne te convient pas de l'épouser, je prierai mon vieil ami de me rendre cette parole, et tout sera dit.

ELVIRE

A la bonne heure... J'aime à voir qu'on ne me fera pas comparaître de force devant l'écharpe de Monsieur le Maire.

FULGENCE

Et moi je suis convaincu que, après un moment d'entretien, vous serez les meilleurs amis du monde.

ELVIRE

N'y comptez pas ; vous seriez sûrement déçu.

FULGENCE

L'expérience prouvera qui de nous deux a raison

SCÉNE III

LES MÊMES. ÉLEUTHÈRE (entrant par le fond, un bouquet à la main), puis HENRI

ÉLEUTHÈRE

Il arrive ! Il arrive ! Nous avons aperçu la voiture au détour du chemin... Tous nos gens forment la haie le long de l'avenue (acclamations à la cantonade). Et tenez, entendez-vous ces acclamations joyeuses ?

FULGENCE

C'est lui ! Enfin !

ELVIRE (à part).

Moi, du moins, je ne figurerai pas dans le cortège !...
(Elle entre à gauche).

HENRI (sur la porte, s'adressant à la cantonade).

Merci, mes amis, je suis touché de votre accueil...

FULGENCE (allant à lui et l'embrassant).

Mon cher enfant, que je suis heureux de vous voir ! Il y
si longtemps que je n'avais eu ce plaisir... La dernière fois
que je m'étais trouvé avec vous à Paris, j'avais laissé un
jeune adolescent...

HENRI

Et c'est un homme qui vous revient... Plus qu'un
homme, un fils, car l'amitié des pères est aussi une part de
leur héritage, souvent la plus précieuse... Mais quel délicieux pays que le vôtre ! C'est un vrai paradis !

FULGENCE

Toujours enthousiaste, mon cher Henri ! (Éleuthère tousse
pour appeler son attention). Mais j'oubliais de vous présenter
monsieur Éleuthère Durand, le fils de nos excellents jardiniers, le compagnon d'enfance de ma fille, que la mère de ce
gros garçon a nourrie, car, vous le savez, ma pauvre Elvire
s'est trouvée orpheline en naissant... Voyez, il voudrait
vous souhaiter la bienvenue... Allons, Éleuthère, avance,
et fais ton compliment...

ÉLEUTHÈRE (très intimidé).

Quand... Quand...

HENRI (riant de son embarras).

Bien, mon ami : en fait de discours, je suis d'avis que les
plus courts sont les meilleurs...

ÉLEUTHÈRE (de même).

Quand... Quand...

HENRI (prenant le bouquet).

Qu'est-il besoin de parler ? Ce bouquet est plein d'élo-quence... Merci, mon ami, je vais l'offrir à mon aimable fiancée.

FULGENCE (à Éleuthère).

Tu peux te retirer... ou mieux, attends ici (Il montre la droite) j'aurai peut-être besoin de toi...

ÉLEUTHÈRE

Bien, monsieur le baron... (Il entre à droite.

SCÈNE IV

FULGENCE, HENRI, puis ELVIRE et ÉLEUTHÈRE

HENRI

C'est un type que votre Éleuthère ? Y en a-t-il beaucoup de cette force à la Héronnière ?

FULGENCE

Soyez indulgent, mon cher Henri ; le chemin de fer n'a pas encore pénétré jusqu'à la Héronnière, et la vue d'un Parisien élégant et distingué...

HENRI

De grâce, cher beau-père !

FULGENCE

Est bien faite pour intimider un pauvre garçon qui n'a pas, certes, inventé la poudre, et dont l'instruction se borne au peu que lui a appris, tant bien que mal, le vieux magister du village... Il est surtout d'une timidité inimaginable : c'est au point qu'il n'a pas osé aller visiter l'Exposition, malgré ses splendeurs, de peur de se perdre dans Paris... Mais c'est une bonne nature, et nous l'aimons tous pour ses nombreuses et solides qualités...

HENRI

Je vous le promets, je l'aimerai de même... Mais il me tarde de voir mademoiselle Elvire et de me convaincre par moi-même que le portrait dont vous avez eu l'amabilité de nous faire présent n'a point exagéré sa beauté, comme tout le bien que m'en a dit mon père n'a point surfait les dons de son esprit et de son cœur...

FULGENCE

Elle est là, dans sa chambre... (allant à gauche et appelant) Elvire !... (Elvire paraît) Je te présente mon jeune ami, Henri des Verrières... Tu sais pourquoi il a quitté Paris ?

HENRI (à part, admirant).

Oh ! la belle personne ! Et combien gracieuse, malgré une affectation de réserve, bien naturelle en cette circonstance... (Haut, lui présentant le bouquet qu'il avait déposé sur un meuble). Daignez me faire la grâce, mademoiselle, d'accepter ces fleurs... je dirais « moins belles que vous », si ce compliment, bien qu'il soit une vérité, n'était pas si banal...

ÉLEUTHÈRE (à la porte de droite).

Est-ce à présent qu'on a besoin de moi ?

ELVIRE (prenant le bouquet des mains de Henri et le donnant à Éleuthère).

Oui, mon ami : rends-moi le service d'emporter ce bouquet... Tu sais bien que les fleurs me donnent la migraine...

ÉLEUTHÈRE (fort surpris).

Ah ! Je sais ?...

FULGENCE

Prends le bouquet et mets-le tremper... Tu le rapporteras un peu plus tard... Va !...

ÉLEUTHÈRE

Oui, monsieur le baron... (Il sort par le fond).

HENRI (galamment, à Elvire).

Je regrette vivement de n'avoir pas pu changer ces fleurs en pommes d'or, puisque la pomme d'or revient de droit à la plus belle...

ELVIRE (avec une moue dédaigneuse).

Des madrigaux ?... En province, c'est temps perdu... Le madrigal est une fleur des salons parisiens : la province et le plein air ne lui conviennent point.

HENRI

Mais si ces fleurs sont des fleurs de province, écloses sous les pas de ma charmante fiancée ?...

ELVIRE

Fiancée ?... C'est selon comme on l'entend...

HENRI (étonné, regardant Fulgence).

« C'est selon » ?...

FULGENCE (embarrassé).

Je vous laisse un instant... Quelques ordres à donner... puis je viendrai vous prendre pour faire un tour de parc (regardant sa fille d'un air significatif) en famille... (Il se dirige vers la droite. A part). Que va-t-il résulter de leur entretien ?... A la grâce de Dieu ! (Il sort par la droite).

SCÈNE V

HENRI, ELVIRE

HENRI

Avouez, mademoiselle, que votre « c'est selon » est assez désobligeant.

ELVIRE

Comment cela?

HENRI

N'est-ce pas mettre en doute notre union, tendrement caressée par nos familles... et sans laquelle, je le sens maintenant, il ne saurait exister pour moi de bonheur dans la vie...

ELVIRE (ironique).

Comme cela? A première vue?... Et c'est sans rire que vous parlez ainsi?

HENRI

Vous ne sauriez vous y méprendre... Oui, mon admiration est sincère: tout ce que j'avais appris du charme de votre personne est dépassé... En vous voyant, j'ai reçu là un choc...

ELVIRE

Foudroyant ? Comme l'apoplexie ?... Je ne me croyais pas si funeste à mon prochain...

HENRI

C'est fort mal à vous de me répondre en raillant, quand, moi, je parle avec mon cœur...

ELVIRE (incrédule).

Oh !... Quoi ! A peine entré dans la maison, vous avez été pris, ainsi, d'un accès de fièvre amoureuse ? Que je vous plains, pauvre monsieur : il vous faut de la quinine... beaucoup de quinine... C'est un remède excellent !

HENRI (l'examinant. A part).

Que signifie ce langage ? Est-ce une rupture qu'elle cherche ?

ELVIRE (lui montrant un siège et s'asseyant aussi).

Parlons sérieusement, voulez-vous. monsieur des Verrières ? Vous avez joué, de façon fort aimable, je le reconnais, votre rôle de prétendu amoureux : vous avez la délicatesse de voiler sous l'apparence d'un amour spontané le prosaïsme d'un mariage de convenance. Je vous sais gré de votre courtoisie : mais, si vous le permettez. nous envisagerons la situation sous son véritable jour. Nous devrions. paraît-il, nous marier sans nous aimer ; je dis plus, sans nous connaître. Or, je dois en faire l'aveu, vous avez devant vous une personne extrêmement romanesque...

HENRI

Ah ! vraiment ?

ELVIRE

C'est comme j'ai l'honneur de vous le dire: j'aime les nuits étoilées, le lac dont la brise ride la surface, les chants suaves du rossignol, les mystérieuses mélodies des sérénades et les vers inspirés des poètes... (Elle semble rêveuse).

HENRI

De grâce, veuillez continuer; c'est fort intéressant.

ELVIRE

Tel que je le comprends, l'amour doit s'entourer d'ombre et de mystère; c'est l'imprévu qui en fait le principal charme. Je n'accepterai donc jamais un fiancé officiel, annoncé à l'avance par le télégraphe, et conduit, par la main, par l'auteur de mes jours... Celui que j'entends choisir moi-même devra chanter sous mes fenêtres la cantilène d'Almaviva, grimper par une échelle de soie et entrer par le balcon, la guitare en bandoulière, comme dans le *Barbier de Séville*. C'est mon dernier mot... (Elle part d'un éclat de rire, en voyant l'air stupéfait de Henri).

HENRI (à part).

Elle veut rompre, c'est certain... Eh bien! Jouons-lui la même ritournelle... (Haut). Mademoiselle, je regrette bien sincèrement de n'avoir pas été prévenu; je n'ai apporté ni la guitare ni l'échelle de corde d'Almaviva... Je n'en suis pas moins capable de tout entreprendre pour me faire ouvrir la porte de votre cœur...

ELVIRE

Impossible d'y entrer, Monsieur... Il y a déjà locataire dans la maison...

HENRI

Locataires ? Au pluriel ?

ELVIRE

Au singulier, ce qui est plus grave... (Ils se lèvent). En vous faisant cette confidence, je puis compter, n'est-ce pas, sur votre discrétion et me fier à votre honneur de gentil-homme ?

HENRI

N'en doutez pas, mademoiselle... Quoique ma position soit peut-être un peu délicate...

ELVIRE

Pourquoi délicate ? Peu commune, je ne dis pas : en effet, il est peu de fiancés à qui leurs futures fassent, avant le *oui* fatal, leur confession pleine et entière...

HENRI

Soit ! Je serai muet, comme votre confesseur.

ELVIRE

Voici donc ma confession : mon cœur, monsieur des Verrières, a eu l'audace de ne pas attendre votre arrivée pour s'éveiller...

HENRI

J'en éprouve un profond regret ; mais, je le reconnais, c'est tout naturel : pour les cœurs féminins, l'aurore luit si vite !... Je le comprends, Almaviva s'est déjà présenté ?

ELVIRE

Vous l'avez dit.

HENRI

Quelque petit cousin, suivant l'usage ?

ELVIRE

Non... j'ai rompu avec la tradition... (D'un ton emphatique). C'est un compagnon d'enfance ! Notre amitié s'est insensiblement changée en amour, pour ainsi dire à notre insu ; un amour profond, éternel, fatal... Lorsqu'il vit mon père partir pour Paris... vous savez dans quelle intention... il me dit : « Elvire, j'ai le pressentiment qu'on veut nous séparer !... » Et je lui répondis : « O mon chéri, si un fiancé, un tyran, se targuant de l'autorité paternelle, me traîne au pied des autels, il pourra prendre ma main, mais mon cœur sera toujours à toi !... » (D'un ton naturel). Acceptez-vous ce partage ?

HENRI

Moi ? Pas le moins du monde !

ELVIRE (lui faisant la révérence).

Alors, adieu, monsieur, et bon voyage !... (Elle fait un pas vers la gauche).

HENRI (la retenant).

Pardon, mademoiselle... Pourquoi tant de précipitation ?... Ecoutez, au moins, un conseil fort sage : les Roméos et les Almavivas sont presque toujours des êtres insignifiants, que, seule, l'imagination féminine pare de toutes les séductions du rêve... c'est peut-être à quelque bélître semblable que vous auriez l'imprudence de lier pour toujours votre destinée... Croyez-moi, signifiez-lui promptement son congé...

ELVIRE

Jamais !... Je suis d'une constance invraisemblable...

Voyons, monsieur des Verrières, n'insistez pas !... Quel
intérêt aurions-nous à engager la bataille l'un contre l'autre ? Pourquoi vouloir m'épouser malgré moi ? Pourquoi
m'imposer le désagrément d'entrer en lutte avec la volonté
paternelle ? Ne vaut-il pas mieux renoncer spontanément à
ma main : acceptez-moi comme une sœur, ou mieux comme
un frère... entre garçons l'amitié est facile... Nous sommes jeunes tous deux ; ayons l'un dans l'autre une entière
confiance... (Insistant). Tenez, la France est grande ; ne
pourrions-nous pas, au nord ou au midi, vous trouver une
autre fiancée, sur laquelle feraient impression vos belles
protestations d'amour coup-de-foudre !...

HENRI (à part).

Ah ! tu crois pouvoir te moquer impunément de moi ?
Attends un peu !... (Haut). Est-ce votre dernier mot, mademoiselle ; votre détermination est-elle irrévocable ?

ELVIRE

Oui, monsieur, irrévocable !

HENRI

C'est vainement que je tenterais de vous faire changer
d'avis ?

ELVIRE

Inutile de l'entreprendre.

HENRI

C'est parfait, et je respire enfin ! Ah ! sachez-le, c'est
avec une vive reconnaissance que j'accepte l'offre de votre
bonne et franche amitié... (Il l'invite à s'asseoir).

ELVIRE (intriguée).

Ah ?

HENRI

A mon tour de vous faire ma confession sincère...

ELVIRE (de même).

Voyons ?

HENRI

J'avais un poids énorme sur le cœur, vous me l'avez enlevé...

ELVIRE

Comment cela ?

HENRI (avec abandon).

Inutile de me chercher une femme au nord ou au midi de la France ; elle est toute trouvée.

ELVIRE (avec une pointe de dépit).

Ah ?

HENRI

Ce mariage, qui se serait accompli sans votre noble franchise, n'aurait pas fait une seule victime ; il en aurait fait deux.

ELVIRE

Lesquelles ?

HENRI

Vous et moi.

ELVIRE

Vous, monsieur ?

HENRI

Moi-même... Je ne voulais pas attrister les derniers jours de mon père, qui désirait fort me voir épouser la fille de son meilleur ami ; mais, pour lui obéir, j'ai dû briser deux cœurs, le mien et celui d'une chère adorée... J'aimais, mademoiselle, et j'aime toujours une charmante enfant, qui pleure aujourd'hui, dans une triste solitude, la perte de ses espérances...

ELVIRE (fâchée)

Vous aimiez ? Vous aimez encore, et vous faisiez un douloureux sacrifice en m'épousant? Fort bien ! Mais alors cette déclaration enflammée d'un amour subit, que vous m'avez faite, il n'y a qu'un instant, que signifie-t-elle ?

HENRI (avec rondeur)

Ah ! mademoiselle, quand on doit avaler une pilule amère, le mieux est de ne pas faire la grimace !

ELVIRE (se levant, colère, mais se maîtrisant)

Ah ! la pilule amère, c'était moi ? Merci, monsieur !

HENRI

Pardonnez-moi cette comparaison quelque peu familière... entre amis... entre frère et sœur... ou plutôt entre garçons...

ELVIRE (froissée, mais chagrine)

Si, pourtant, je m'étais laissé prendre à vos protestations d'amour ?... Voyez un peu ce que valent les hommes !

HENRI

Soit ! mais les femmes valent-elles mieux ? Maintenant,

du moins, il n'y a plus d'équivoque... Ah! que je me sens
de joie au cœur!

ELVIRE (indignée, à part)

C'est un être sans délicatesse!

HENRI

Comme ma chère Marie bénira votre nom!

ELVIRE

Je n'ai que faire des bénédictions des gens que je ne
connais!

HENRI

Vous pouvez la connaître : j'ai sa photographie sur
moi...

ELVIRE (outrée)

Eh quoi! Vous apportiez le portrait de votre maîtresse
dans le sein de votre nouvelle famille? (Le voyant tirer la photographie de sa poche). Et encore sur votre cœur!

HENRI

C'est que, moi aussi, je lui ai dit, en la quittant : « O ma
chérie, si une fiancée tyrannique me traîne au pied des
autels, à elle ma main, mais à toi mon cœur! »

ELVIRE (avec un sourire forcé)

C'est juste!

HENRI (lui montrant la photographie)

N'est-ce pas une beauté, dites?

ELVIRE (dédaigneuse)

Pas mal... le nez un peu long, mais...

HENRI

Long ! Il ne me semble pas !

ELVIRE

Les yeux petits, mais peut-être agréables... peut-être...

HENRI

Agréables ? Dites splendides !

ELVIRE

La bouche démesurément fendue... En somme, figure passable...

HENRI

Oh ! passable !

ELVIRE (vivement).

N'allez pas, au moins, vous imaginer que le sois jalouse d'elle !

HENRI

Ce serait une absurdité... Ainsi, c'est convenu : nous formons une alliance offensive et défensive contre la tyrannie de nos parents ?

ELVIRE

C'est convenu.

HENRI (lui baisant la main).

Ma chère alliée !

ELVIRE (retirant sa main).

Assez, monsieur, assez !

HENRI

Bast ! entre frère et sœur...

ELVIRE (lui montrant le portrait qu'elle tient toujours).

Si vous avez des baisers de trop, placez-les là...

HENRI (à part).

C'est qu'elle vous a une menotte adorable ! (Haut, baisant à plusieurs reprises les doigts qui tiennent la photographie). De tout mon cœur, mademoiselle.

ELVIRE (riant, avec satisfaction et coquetterie).

Monsieur Henri des Verrières, c'est une petite trahison... un crime de lèse-portrait !...

HENRI

Oh ! un crime dont ma chère Marie m'amnistiera, lorsque je lui dirai...

ELVIRE (souriant, attendant un compliment).

Lorsque vous lui direz ?

HENRI (changeant de ton).

Que vous avez bien voulu me procurer du papier pour lui écrire que, grâce à vous, je puis l'épouser.

ELVIRE (jetant avec colère la photographie sur un meuble. Henri la reprend et la remet dans sa poche).

Dans cette chambre (elle montre la droite) vous trouverez

tout ce qui est nécessaire... (Le saluant froidement). Tous mes compliments, monsieur des Verrières !... (A part, en s'en allant). Oh ! les hommes ! les hommes ! (Elle entre à gauche).

SCÉNE VI

HENRI, puis ÉLEUTHÈRE

HENRI (riant).]

Ah ! Ah ! Comme ma petite histoire a produit son effet !... C'est qu'elle est vraiment charmante ma farouche fiancée ! Elle est adorable de figure, d'esprit et de grâce... Elle a voulu s'amuser à mes dépens, c'est clair... Je ne crois pas un mot de ce qu'elle m'a conté de ce soi-disant ami d'enfance. Je serai donc venu de Paris pour servir de cible aux railleries de cette provinciale... adorable ? Non, non, cela ne sera pas ! Il faut que je me venge de cette belle moqueuse... mais comment ? (Il réfléchit).

ÉLEUTHÈRE (sur le seuil de la porte du fond).

Peut-on entrer, monsieur le baron ? (Voyant Henri) Ah ! pardon, monsieur... (Il veut se retirer).

HENRI (à part).

Mais la voilà ma vengeance ! (Haut) Entrez donc, monsieur Éleuthère !

ÉLEUTHÈRE

Vous êtes bien honnête, monsieur le comte... (S'avançant) Vous devez être bien content, hein ? d'épouser une si parfaite demoiselle...

HENRI (jouant l'embarras).

Oh ! content !...

ÉLEUTHÈRE

Une excellente personne... un cœur d'or...

HENRI

Je crois que monsieur Éleuthère connaît depuis longtemps le cœur d'or de ma future ?

ÉLEUTHÈRE

Tiens ! cette malice ! Puisqu'elle est ma sœur de lait !
Tout le monde l'aime ici...

HENRI

Monsieur Éleuthère sait-il bien ce que c'est qu'aimer ?

ÉLEUTHÈRE

Certainement... On me l'a appris à l'école : *aimer* est
un verbe actif de la première conjugaison ; infinitif actif,
aimer ; infinitif passif, *être aimé*...

HENRI

Et l'indicatif présent ?

ÉLEUTHÈRE (récitant).

J'aime, tu aimes, il ou elle aime...

HENRI

Doucement ! Dites avec moi, posément, la main sur le
cœur : *j'aime !* (Désignant la porte par laquelle Elvire est sortie)
Elle aime !

ÉLEUTHÈRE

Pourquoi *elle ?*

HENRI

Vous ne comprenez pas? Je vais m'expliquer plus clai-
rement... Monsieur Éleuthère, vous êtes un profond scé-
lérat!

ÉLEUTHÈRE (abasourdi)

Moi?

HENRI (baissant la voix)

Vous avez fait un pacte amoureux avec mademoiselle
Elvire...

ÉLEUTHÈRE (de même).

Moi? Moi?

HENRI

Vous voudriez m'y faire apposer ma signature, comme
endosseur... Je vous en sais en gré infini...

ÉLEUTHÈRE

Oh! monsieur des Verrières, que dites-vous là? Moi,
j'aurais eu cette audace? Moi qui n'ai jamais levé les yeux
sur une femme... Moi qui n'ai d'autre fortune que mes deux
bras...

HENRI

Comptez-vous donc pour rien votre physique avenant
et les liens que forme une longue habitude? Séducteur,
va!

ÉLEUTHÈRE

Mais qui peut vous faire croire ?...

HENRI

Elle-même, mademoiselle Elvire, vient de me déclarer qu'elle est folle de son compagnon d'enfance... Vous êtes bien ce compagnon ?

ÉLEUTHÈRE

Puisque je suis son frère de lait, je vous l'ai dit.

HENRI

Elle a ajouté que, pour cette raison, elle refusait tout net de m'épouser.

ÉLEUTHÈRE

Non, non, c'est impossible !

HENRI

Impossible ? Connaissez-vous le 4ᵉ chant de l'*Énéide*?

ÉLEUTHÈRE

J'en ai entendu vaguement parler à l'école.

HENRI

Eh bien ! mon cher, votre situation est exactement celle qu'a chantée Virgile : Elvire, c'est Didon, et de cette Didon Éleuthère est l'Énée...

ÉLEUTHÈRE

Moi ?... Je suis l'aîné et le cadet : je suis fils unique.

HENRI

Vous feignez de ne pas comprendre, mais il n'est pas besoin de ruser avec moi... Je vais partir, vous laisser le champ libre; expliquez-vous ensemble; mariez-vous, et soyez heureux.

ÉLEUTHÈRE (incrédule)

Nous marier ensemble?

HENRI

Vous ne voudriez pas la voir mourir d'amour? Dites lui donc que, vous aussi, vous l'aimez passionnément... Le reste ira tout seul.

ÉLEUTHÈRE

Quelle aventure, Dieu du ciel!... Mais comment m'y prendre pour faire un pareil aveu?

HENRI

Il y a deux espèces de déclarations : la déclaration par insinuation, quand on veut sonder le terrain, et la déclaration *ex abrupto*, lorsqu'on est sûr de la victoire... Celle que vous avez à faire est de cette dernière catégorie, comme l'exorde célèbre de Cicéron : *Quo usque tandem, Catilina?*

ÉLEUTHÈRE

Eh quoi! Il me faudra parler latin?

HENRI

Non : c'est seulement un exemple que je vous cite pour vous encourager... Dès que vous vous trouverez seul avec elle, jetez vous à ses pieds... Voyons, agenouillez-vous là...

(Éleuthère tire son mouchoir, l'étend par terre et s'agenouille gauchement dessus). Non, non, pas ainsi... Agenouillez-vous vivement... comme ceci (il lui montre comment il faut faire) et et dites-lui, avec feu : « Jusques à quand. ô Elvire, nos cœurs seront-ils séparés par le destin cruel ? Je sais que tu m'aimes... Ah ! je t'aime aussi... J'ai refoulé dans mon sein la flamme qui me dévore, mais...

ÉLEUTHÈRE (qui a tiré de sa poche une feuille de papier et un crayon)

Pas si vite. s'il vous plaît. je ne puis pas suivre... (écrivant) « qui me dévore, mais... »

HENRI

Pour le reste. abandonnez-vous à votre inspiration... (Il le relève). Silence ! La voici...

SCÈNE VII

LES MÊMES, ELVIRE (rentrant par la gauche)

ELVIRE (à Henri, d'un ton sec)

Encore ici, monsieur ? Et votre lettre ? Est-elle écrite ?

HENRI

Non, mademoiselle.

ELVIRE (avec un sourire aimable)

Il paraît que vous n'êtes pas bien pressé de faire la communication ?

HENRI

Au contraire, mademoiselle... Mais monsieur Durand

a eu la bonté de me dire que d'ici au bureau télégraphique
il n'y a guère qu'une petite lieue, et je préfère envoyer un
télégramme... Ce sera plus rapide.

ÉLEUTHÈRE (à part).

Moi ? Je lui ai dit ?... Ah ! par exemple !

ELVIRE (avec une pointe de dépit).

C'est différent... (se tournant d'un air gracieux vers Éleuthère)
Mon père désire faire visiter le parc à *son* hôte (elle désigne
Henri d'un geste dédaigneux, en appuyant sur le mot *son*). Veux-
tu être assez aimable pour nous accompagner ?

ÉLEUTHÈRE

De tout mon cœur, mademoiselle ! (à part) Quelle bonne
grâce ! Si c'était vrai, pourtant ? (Henri lui fait des signes à la
dérobée) « J'aime... tu aimes... elle aime !... »

HENRI (à Elvire)

Le temps de rédiger mon télégramme et de le remettre
à l'un de vos gens... puis je suis à vos ordres pour la promenade dans le parc.

ELVIRE (froidement)

Oh ! rien ne presse, monsieur... (Ils échangent un salut
poli. Elvire se dirige lentement vers le piano. Henri encourage par
signes Éleuthère à faire sa déclaration, et il entre à droite).

SCÈNE VIII

ÉLEUTHÈRE, ELVIRE

ÉLEUTHÈRE (perplexe, à part).

Voilà le moment critique !

ELVIRE (sur le point de s'asseoir au piano, elle s'arrête, réfléchissant. A part).

C'est singulier ce que j'éprouve... Est-ce de l'indignation ? Est-ce un autre sentiment ?... J'ai les nerfs agacés... Pourquoi ?... Après tout, qu'est-ce que cela me fait qu'il aime ailleurs ?... N'ai-je pas fermement résolu de le congédier, pour le punir de s'être fait accorder ma main sans avoir seulement daigné me consulter ?... Que m'importent ses amours de Paris ? Que m'importe qu'il écrive ou qu'il envoie un télégramme ?... (Elle reste songeuse, la main appuyée sur le piano, sans paraître s'apercevoir de la présence d'Éleuthère.)

ÉLEUTHÈRE (à part).

Ah ! mes amis, c'est plus difficile que je ne croyais !... Faut-il ?... Ne faut-il pas ?... Je vais compter jusqu'à trois, puis en avant !... Un... deux... trois... (Il fait un pas en avant et s'arrête). Courage, Éleuthère !... Elle ne me regarde pas... c'est mauvais signe... Mieux vaut attendre qu'elle se retourne... Mon Dieu, que je suis donc perplexe !... Ah !... (Il pousse un bruyant soupir qui fait sursauter Elvire).

ELVIRE

Ah ! Tu m'as fait peur !... J'avais oublié que tu étais là...

ÉLEUTHÈRE (riant pour se donner une contenance).

C'est que... C'est que... (A part) Ah! que j'ai donc envie de m'en aller!

ELVIRE (remarquant son trouble)

Tu as peut-être quelque chose à me dire?

ÉLEUTHÈRE

Oh! oui, mademoiselle, quelque chose de bien intéressant... (A part). Saint Éleuthère, mon patron, protège-moi! (Il tombe à genoux devant Elvire).

ELVIRE (stupéfaite).

Que fais-tu?

ÉLEUTHÈRE (avec de grands gestes).

Je... Je... (à part) mon papier! (Il tire le papier de sa poche et lit du ton d'un écolier qui récite une leçon). « Jusques à quand, ô Elvire, nos cœurs seront-ils séparés par le destin cruel?... Je sais que tu m'aimes... Je t'aime aussi... J'ai refoulé dans mon sein la flamme qui me dévore... (Tournant la page) Combien font 9 fois 9? (A part, Ah! diable! C'est ma table de Pythagore!

ELVIRE (éclatant de rire)

9 fois 9 font... Que signifie ce galimathias et que me chantes-tu là? Est-ce un accès de folie?

ÉLEUTHÈRE (décontenancé)

C'est une déclaration *ex-abrupto*...

ELVIRE (ne sachant si elle doit rire ou se fâcher)

Une déclaration?

ÉLEUTHÈRE

Ex-abrupto !

ELVIRE

Ex-abrupto ou non, qui t'a permis de me parler de la sorte ?

ÉLEUTHÈRE

Mais puisque c'est à cause de moi que vous avez rompu ce mariage !

ELVIRE

Moi ? Qui t'a dit cela ?

SCÈNE IX

LES MÊMES, HENRI (rentrant par la droite)

HENRI (feignant la surprise)

Oh ! pardon !... Je me retire... (Il traverse rapidement la scène... Arrivé près d'Elvire, il lui dit tout bas) C'est votre Almaviva ? Tous mes compliments !... Mais je n'aperçois pas la guitare...

ELVIRE (colère)

Monsieur des Verrières, taisez-vous, s'il vous plaît !... (A Éleuthère) Mais relève-toi donc ! Ne vois-tu pas combien tu me rends ridicule !

HENRI

Pourquoi rudoyer ce brave garçon, qui sait si bien conjuger le verbe *aimer* ?

ÉLEUTHÈRE (machinalement)

J'aime... Tu aimes... (Il se relève et s'essuie les genoux).

ELVIRE (avec dépit)

Ah ! c'en est trop !... Je comprends maintenant... C'est vous, monsieur, qui avez ourdi cette trame indigne... qui m'avez exposée à cette déclaration burlesque !

ÉLEUTHÈRE (abasourdi)

Oh ! burlesque ?...

ELVIRE

Ainsi vous n'êtes venu ici que pour m'outrager, pour vous moquer de moi !... Ah ! tenez ! c'est infâme !

HENRI

Permettez, mademoiselle...

ELVIRE (colère et chagrine)

Oui, c'est infâme de venir jouer un pareil rôle dans la maison de mon père, le vieil ami du vôtre ! Vous vous êtes dit : « Je vais bien m'amuser aux dépens de cette petite provinciale, à qui, par dérision, j'offrirai mon cœur et ma main ! Quelle bonne histoire à conter, au retour, à mes amis du cercle, qui en feront des gorges chaudes ! Mais vous vous trompez, si vous croyez que je me laisserai outrager sans protester, sans me défendre. Sortez, monsieur, sortez sur-le-champ et ne remettez jamais plus les pieds à la Héronnière !

SCÈNE X

LES MÊMES, FULGENCE (entrant par la droite)

FULGENCE

Il fait une journée splendide... Le baromètre est au beau fixe...

ÉLEUTHÈRE (A part)

Pas ici, par exemple...

FULGENCE

C'est le moment de faire notre promenade dans le parc... Etes-vous prêts?

ELVIRE

Il s'agit bien de promenade!... (Elle se jette, en sanglotant, dans les bras de son père) Ah! que je suis malheureuse!

FULGENCE

Que veut dire cela? Tu pleures, mon enfant? Qui t'a fait de la peine? Serait-ce Éleuthère?

ÉLEUTHÈRE (protestant)

Oh! monsieur le baron!...

ELVIRE (montrant Henri)

C'est ce monsieur-là, mon père, venu tout exprès de Paris pour se jouer de nous et nous couvrir de ridicule!

Vous pensiez qu'il aspirait à m'épouser ? Ah ! bien oui ! Il a
une amoureuse à Paris... C'est elle qu'il veut épouser, et
non pas moi !... Quant à nous, qui avions la simplicité de
croire à sa parole, il ne songeait qu'à nous bafouer, en jouant
une indigne comédie...

FULGENCE (sévèrement)

Eh quoi ! Henri, vous avez osé ?...

ÉLEUTHÈRE (à part)

Un orage est dans l'air... Sauvons-nous ! (Il gagne, sans
bruit, la porte du fond).

HENRI (à Fulgence)

M'en croyez-vous capable ?... Mademoiselle raconte les
choses avec une prodigieuse inexactitude...

ELVIRE (avec vivacité, à Henri)

Ah ! Soutiendrez-vous que vous ne m'avez pas jeté à la
tête le nom de votre maîtresse, et mis son portrait sous mes
yeux ?

FULGENCE

Vous avez fait cela, Henri ?

HENRI

Soyez juste, mademoiselle : est-ce moi, vraiment, qui ai,
tout d'abord, refusé dédaigneusement votre main ? Est-ce
moi qui vous ai conseillé d'abandonner tout projet de mariage ? Est-ce moi qui ai invoqué le souvenir d'un compagnon d'enfance, d'un ami de jeunesse ? Est-ce moi, ou
vous ?

FULGENCE (à sa fille)

Dit-il la vérité ?

ELVIRE (confuse)

Oui, c'est moi !... (à Henri) Mais vous deviez bien voir
que je ne parlais pas sérieusement...

HENRI

Ah ! vous ne parliez pas sérieusement ? Eh bien ! moi non
plus...

ELVIRE (doucement)

Cependant...

HENRI

Mais vous m'avez signifié mon congé, et quoi qu'il m'en
coûte, je m'incline devant votre arrêt... (Il prend son chapeau,
et s'approchant d'Elvire, il dit, avec émotion) Je pars donc... mais,
au moment de quitter cette demeure, où j'espérais trouver
une famille, je vous prie de me pardonner une plaisanterie,
que je croyais innocente, et qui, pourtant, a eu le tort de
vous offenser... Je crois inutile d'ajouter, car vous l'avez
deviné, qu'il n'y a pas un mot de vrai dans ce que j'ai dit
d'une liaison antérieure... Il est un aveu que je ne devrais
peut-être pas faire, mais qui monte de mon cœur à mes
lèvres : Vous aviez fait sur moi une impression que je n'a-
vais jamais éprouvée jusqu'à ce jour... et que je n'éprou-
verai jamais plus... Soyez fière, mademoiselle, à vous la
victoire dans cette lutte de raillerie... Oh ! cette victoire est
bien complète !... Je ne vous dis donc pas de m'oublier...
C'est déjà fait, sans doute... Mais, moi, je n'oublierai jamais
la douce vision qui a passé... si rapidement, hélas ! devant
mes yeux, en un jour de radieuse espérance ! Adieu, donc,
mademoiselle, vivez heureuse !...

FULGENCE

Je me sens tout ému... Ce n'est pas là le langage d'un imposteur.

HENRI (près de la porte)

Adieu !

ELVIRE (vivement)

Mon père, ne le laissez pas partir !

FULGENCE

Pourquoi ?

ELVIRE (confuse)

C'est que...

FULGENCE

Achève !

ELVIRE (se cachant la tête dans le sein de Fulgence)

Je l'aime !

HENRI (qui a entendu, accourt près d'Elvire)

Il est donc vrai, mademoiselle ?

ELVIRE (cherchant à se reprendre)

Ce mot m'a échappé... Mais cet aveu involontaire, ne doit pas vous retenir... Allez donc dire à votre Parisienne que la petite provinciale a fait le sacrifice de son orgueil de femme, et que...

HENRI

Ne vous ai-je pas juré que cet amour était un conte ?

FULGENCE

Oui, il l'a dit ; j'en suis témoin.

ELVIRE

Un conte ? Et le portrait aussi était un conte, n'est-ce pas ? Je ne l'ai peut-être pas eu entre les mains ?

HENRI (joyeux)

Ce portrait ? (Il le tire de sa poche et le présente à Fulgence) Vous qui le connaissez, dites quel en est l'original ?

FULGENCE (à Elvire)

C'est sa sœur Marie... La ressemblance est parfaite...

ELVIRE (poussant un cri de joie, elle lui arrache des mains la photographie qu'elle embrasse)

Sa sœur ?... Oh ! qu'elle est donc jolie !

HENRI (légèrement ironique)

Pourtant le nez est un peu long... la bouche un peu...

ELVIRE (l'air rayonnant)

Méchant ! (se jetant au cou de son père) Ah ! mon père, votre fille est bien heureuse !... (Elle tend la main à Henri, qui la baise avec amour. — En ce moment, Éleuthère entr'ouvre doucement la porte du fond).

ÉLEUTHÈRE (avançant la tête. A part)

Bon ! L'orage est passé... (Haut) Est-ce le moment de rapporter le bouquet ?

FULGENCE (consultant sa fille du regard)

Qu'en dis-tu, Elvire ?

ELVIRE (à Éleuthère)

Oui, oui, donne ce joli bouquet !

HENRI (souriant)

Gare la migraine !

ELVIRE

Oh ! contre ce mal certaines photographies sont une panacée ! (Flairant le bouquet) Qu'il est beau... et quel délicieux parfum !

HENRI

Puisque vous êtes en veine d'indulgence, pardonnez à ce brave Éleuthère la petite comédie qu'il a jouée, à mon instigation... Car c'était une simple comédie, n'est-ce pas, Éleuthère ?

ÉLEUTHÈRE (à part)

Disons comme lui... (Haut) Oui, une toute petite farce... toute petite... grande comme cela... (Il montre son petit doigt).

ELVIRE

Comment lui tiendrais-je rigueur, pour m'avoir initiée aux beautés de la table de Pithagore ?... Éleuthère, combien font 9 fois 9 ?

ÉLEUTHÈRE

Ils font... Ils font... (Il compte sur ses doigts).

FULGENCE

Allons, mes enfants, nous ne sommes pas ici pour sonder les mystères de l'arithmétique...

HENRI

Vous avez raison, cher père... Faisons la promenade annoncée ; votre parc doit être ravissant... (regardant Elvire) en pareille compagnie...

ELVIRE

Voilà du moins un madrigal champêtre !

FULGENCE

Puis nous irons nous mettre à table, et comme au bon vieux temps, choquer nos verres au bonheur des jeunes époux...

ÉLEUTHÈRE

Vivent les mariés !

FULGENCE

Mais auparavant, il faudrait bien adresser à qui de droit le petit compliment d'usage...

HENRI

'C est à vous que revient cette tâche, ma chère Elvire !

ELVIRE

Alors, je me dévoue !

(S'avançant au bord de la scène, pendant que *(ad libitum)* l'Orchestre joue en sourdine l'air du *Postillon : «* Du joli mariage où l'amour les engage... »

Quand pour notre bonheur, bon public, tout est prêt,
Qu'allons-nous devenir, si vous êtes sévère ?
Chacun de nous a mis tous ses soins à vous plaire :
Aurons-nous réussi ? Quel sera votre arrêt ?

Vous pouvez loin de nous écarter les nuages
Et donner à ce jour de nombreux lendemains ;
Il suffit, pour cela, de rapprocher les mains...
Les bravos font ici les heureux mariages !

(L'orchestre joue le même air *forte*).

RIDEAU

IMPRIMERIE NOUVELLE

CHENILLAT & ROUSSILLON
14, Rue de la Flèche, Moulins.

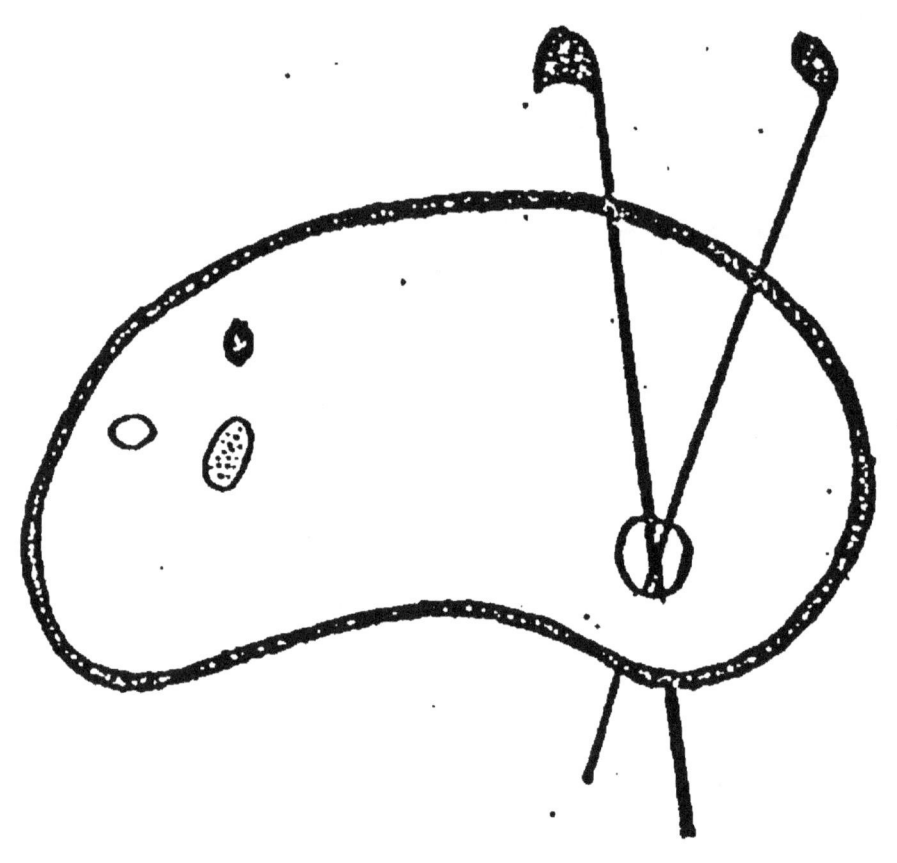

www.ingramcontent.com/pod-product-compliance
Lightning Source LLC
Chambersburg PA
CBHW061657180626
46818CB00003B/1136